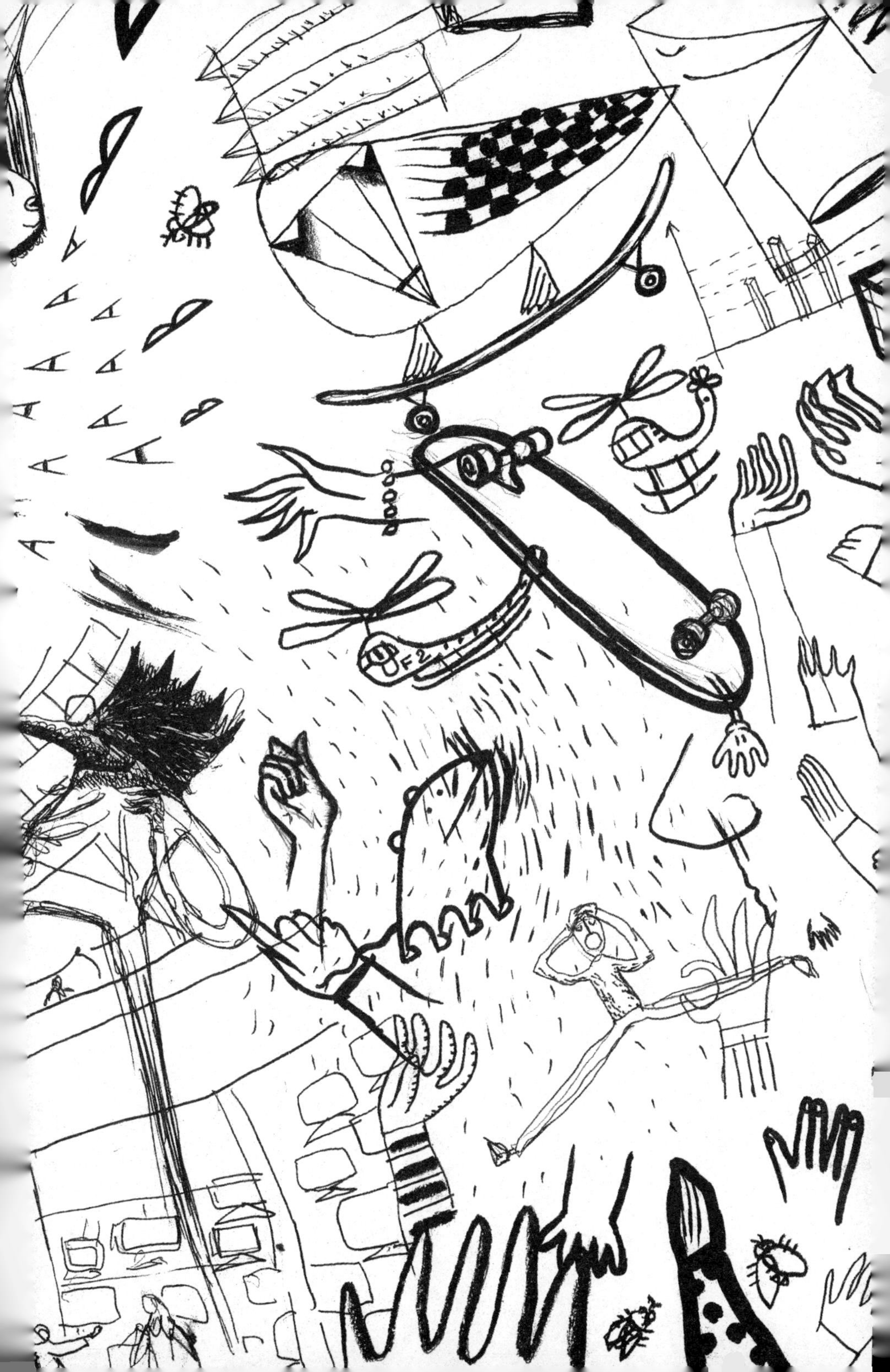

最后关头

ROGER MELLO

〔巴西〕罗杰·米罗 著　高静然 译

人民文学出版社
PEOPLE'S LITERATURE PUBLISHING HOUSE

著作权合同登记号：图字01-2016-5213

图书在版编目（CIP）数据

最后关头 / (巴西) 罗杰·米罗著；高静然译. —
北京：人民文学出版社, 2017
　　（国际安徒生奖儿童小说）
　　ISBN 978-7-02-012255-4

　Ⅰ.①最… Ⅱ.①罗… ②高… Ⅲ.①儿童小说 – 短
篇小说 – 小说集 – 巴西 – 现代 Ⅳ.①I777.84

中国版本图书馆CIP数据核字(2017)第019724号

责任编辑：甘　慧　尚　飞　汤　淼
装帧设计：汪佳诗

出版发行　人民文学出版社
社　　址　北京市朝内大街166号
邮政编码　100705
网　　址　http://www.rw-cn.com

印　　制　山东德州新华印务有限责任公司
经　　销　全国新华书店等

字　　数　40千字
开　　本　890毫米×1240毫米　1/32
印　　张　3
版　　次　2017年4月北京第1版
印　　次　2017年4月第1次印刷

书　　号　978-7-02-012255-4
定　　价　28.00元

如有印装质量问题，请与本社图书销售中心调换。电话：01065233595

目录

穿绿衬衫的男人, 15

一个小丑, 33

小女孩, 45

目光呆滞的女人, 55

拿方盒子的男孩, 65

另外那个小女孩, 75

穿西装的大胡子, 85

最后关头，电梯停了。在一个楼层和另一个楼层之间。没有任何预兆。

电灯灭了，又开了，又灭了，又开了。呼！门上面的电子显示屏让人们耐心点儿，字一个接着一个地跑出来：

……这些小问题将尽快得到解决，请不要恐慌……

电梯里面，穿绿衬衫的男人看手表。

目光呆滞的女人看手表。

小女孩看她妈妈的手表。

另外那个小女孩看小女孩的手表。

穿西装的大胡子看手表。

拿方盒子的男孩看手表。

甚至是最后一个进入电梯的小丑，也看手表。

这七个人之后同时看向电子显示屏。那不是随便的一个电梯，是一个有电子显示屏的电梯。一个在超级现代化大商场里的有电子显示屏的电梯，电子信息跳跃在屏幕上，让所有人再等一小会儿。

小女孩的手表闪烁着"17:35"。

"我的是 5:25！"

"我的是 17:38，我从家出门之前刚刚校对的。"

"我的是差二十分钟六点。"

"我的手表是瑞士的，非常准确，非常准确……"

"17:32。"

"我的是 5∶28。"

所有人都一起校对时间，把七个手表的时间计算一个平均数。所有人，并不是。拿方盒子的小男孩坚持他的时间比其他人的更准确。电子显示屏重复通知：

……这些小问题将尽快得到解决，请不要恐慌……

这个电子显示屏滔滔不绝，可就是不解释为什么电梯会停。穿西装的大胡子将墙上挂的电话拉下来，话筒没有声音。手机也不在服务区。怎么问电子屏一些问题？没人知道，而且没人想多说什么。

只是等待。

手表的滴滴答答声互相混在一起。滴答滴答，滴答滴答，滴答滴答，声音越来越大，

滴答滴答，滴答滴答，滴答滴答，声音越来越大，

滴答滴答，滴答滴答，滴答滴答……

穿西装的大胡子深吸了一口气。

拿方盒子的男孩紧握着一条丝带。

目光呆滞的女人抚平女儿的头发。

小女孩伸了一个懒腰。

另一个小女孩模仿芭蕾舞演员。

小丑扇一个有趣的扇子。

穿绿衬衫的男人看他的口袋。

…… **此电梯拥有最新一代的科技**…… **我们的运营中心正在修复此问题**…… **立即**……

穿西装的大胡子叹了一口气。

拿盒子的小男孩紧握住另一条丝带。

小女孩同另一个小女孩闹别扭。

目光呆滞的女人提醒她的女儿注意。

她女儿用手指着，就像是另外那个小女孩同她闹别扭。

小丑给她们仨扇扇子。

穿绿衬衣的男人从口袋里拿出了一个笔记本。用自动铅笔挠挠头，笑了。这个笑容持续了一段时间，这让所有人都看着他，心中问："他正在想什么呢？"

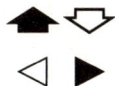

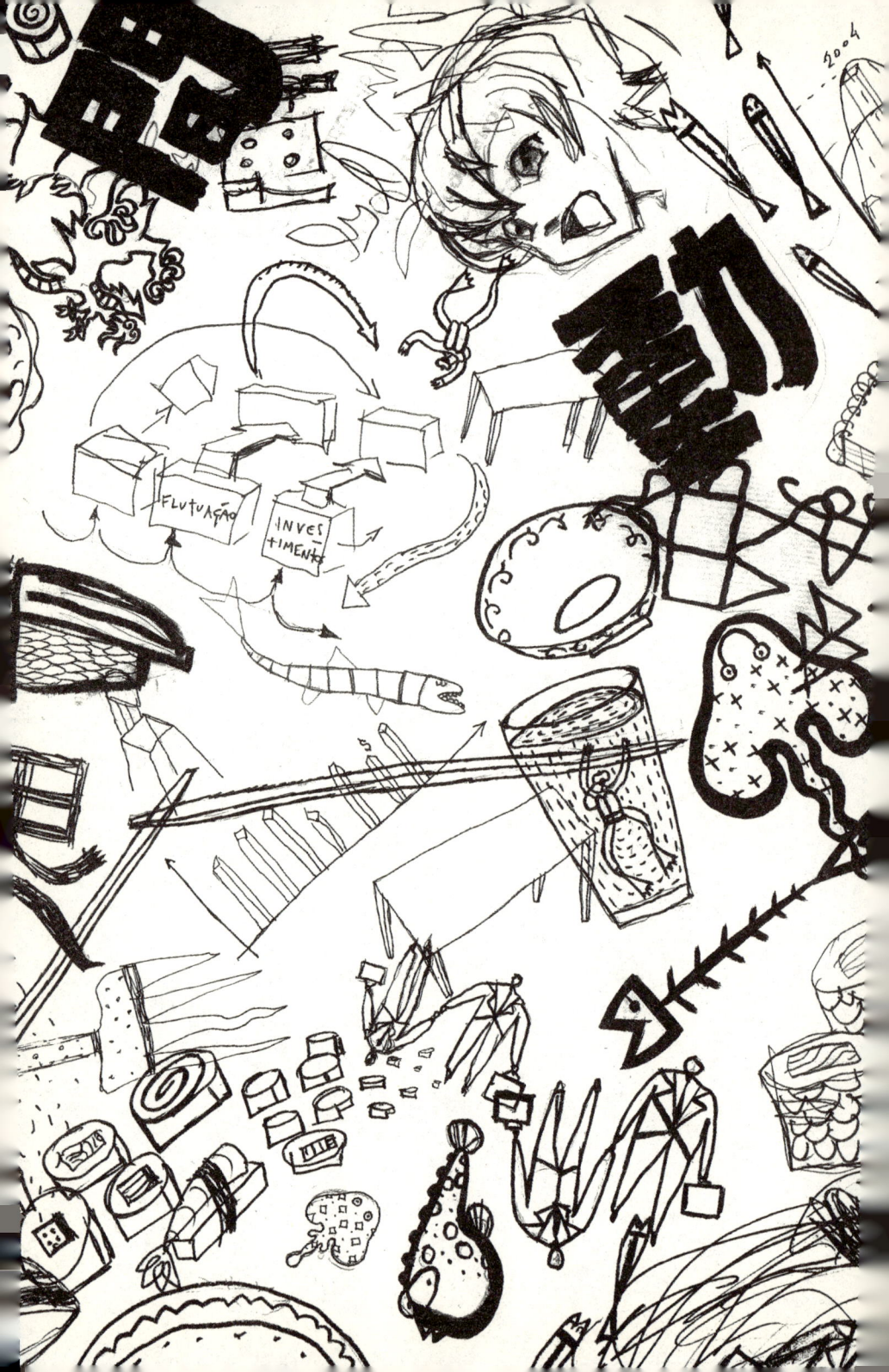

FLUTUAÇÃO

INVES-
TIMENTO

2004

穿绿衬衫的男人

我打赌在电梯里没有人知道我在想什么。有一件事是可以确定的：我不会想我衬衫的颜色，更不会想是什么让电梯停了下来。我不会。我想利用这个时间写下来今天在日本餐厅发生的事儿。我有一些笔记，可是我从哪儿开始写呢？

我知道了。就从点餐开始：

"还是我常点的菜，麻烦你，我现在有点儿着急。"

服务生笑着，脸上好像写着"我已经知道了，我知道了"。

我常点的菜是面条，那个时间段在这家餐厅总是满座。

"这个桌子刚好空出来。"服务生指着说。

我坐下来。在旁边的桌子上，一个父亲和他的儿子已经几乎用完了午餐。

父亲不停地看着手机，儿子看着他。

"爸爸，你为什么不停地看着手机？"

"你妈妈可能会打电话。"

"为什么？"

"要问我是不是在出门前关了窗户。"

"为什么？"

"因为风会吹进来，吹乱她忘在床上的纸。"

"为什么？"

"儿子，因为那些纸很重要。"

"那么，为什么风会吹？"

"主要是要提醒妈妈们不要让爸爸们忘记关窗户，别让纸到处乱飞。"

儿子看着父亲把最后一个寿司夹好，放进嘴里。

"爸爸……"

"嗯哼。"

"为什么日本人用筷子吃饭？"

"用筷子？"

"对呀，用筷子。"

"啊，是的，对，是这样。就在现在，在日本，有一个小男孩在一家巴西餐厅里问他的爸爸为什么巴西人用刀叉吃饭。"

就在这时候我的面条好了。服务生拿来了刀叉，还有筷子。小男孩在椅子上挪蹭了一下坐好，说：

"但是你并没有回答。"

"关于筷子吗？"

"是啊。"

"爸爸以后去找找答案，然后告诉你，好吗？爸爸爱你。"

"为什么当你不知道答案的时候总是说你爱我？"

"这件事和另一件没有任何关系…… 等一下，我手机响了…… 喂？"

"是妈妈吗？"

"喂？嘿，亲爱的…… 我听不太清楚…… 关了，是的，我关了窗户…… 啊，好的……我试一下……之后…… 你放心吧…… 他在这儿呢…… 在呢……一会儿见。我也爱你。"

"是妈妈吗？"

"是，但是她刚才特别糊里糊涂，她说亲亲你，之后和你说话。"

"她为什么糊里糊涂？"

"这是大人的对话……"

"为什么？"

"因为不是小孩子的对话。"

"为什么？"

"因为不是。"

他说"因为不是"的时候，脸上写着"因为不是，别再问了"。我用叉子卷起了一些面条。小男孩看了一下我的盘子，然后压低眉毛跟他爸爸说：

"爸爸，他不用筷子吃吗？"

"不用。"

"为什么？"

"因为他不会。"

这时候我忍不了了，说到：

"我会用筷子吃，我会……但是我现在有点着急。"

"为什么？"

"我要去看一部电影。"

"什么电影？"

"儿子，让人家好好吃饭。"

"等一下，是个很长的名字。让我想想……"

"儿子，让人家好好吃饭。"

"我想起来了：《你可以说的事情就是要看着她》。"

小男孩假装吓了一跳。

"她是谁？"

"不是，这是电影的名字，《你可以说的事情就是要看着她》。"

"为什么?"

他的父亲打断道:

"为什么,为什么,为什么!这么多为什么真是够了!
从现在开始,谁说'为什么'就输了游戏。"

"我都不知道我们刚刚在玩游戏啊,爸爸。"

"我们在玩游戏,是。"

"爸爸……"

"怎么了?"

"他也是吗?"

"也是什么?"

"不能再说……那个?"

"他可以说任何他想说的。"

"是不是他不想玩这个游戏?"

那个穿着绿衬衫的人,无聊地笑着,这个人就是我。

"人家很着急,儿子,他已经说过了。"

我从口袋里拿出一叠便签纸。在我写笔记之前,小男孩问我：

"我爸爸是律师，你呢？"

"我是作家。"

"儿子，看看多了不起。"

小男孩偷偷地笑了一下。

他父亲的电话又响了。

"喂？啊，是啊，你怎么样？……我？……我马上吃完午饭了……但是你可以说……投资基金，对，是……这要根据波动……对……汇率的波动……没错……在《每日公报》上……你没看？……当然了……对，对，明天我们来处理这些细节……回头见，阿尔贝托……对……明天我来解释为什么。"

"爸爸你输了！你输了游戏！"

"怎么了？"

"你说了'为什么'。"

"我没说，没有。"

他父亲看着我：

"我说了？"

小男孩看着我：

"他没说吗？"

我看着他们俩：

"我可以说吗？"

"可以。"

"说啊。"

"你说了。"

"那么好吧，儿子，我输了。"

"爸爸，那我赢了什么？"

"赢了说'为什么'的权利，你想说几遍都可以。"

"为什么为什么为什么为什么为什么为什么。"

"儿子，你累吗？"

"为什么为什么为什么为什么为什么为什么为什么为什么为什么为什么为什么为什么为什么为什么为什么为什么为什么为什么。"

"等等，电话又响了。等等！喂……嘿，亲爱的……

啊……你想和他说话？我把电话给他……爱你。妈妈要和你说话，儿子。"

"嗨，妈妈……我也是……对……我也是……妈妈，我可以问个问题吗？……可以吗？……为什么日本人用筷子吃饭？……我也爱你，妈妈……你不知道吧？……啊……好吧，亲亲！……拜拜。"

电话被父亲直接放进口袋里。

"已经两点半了，儿子，咱们走吧？"

我被时间吓了一跳：

"已经快到我的电影开始时间了。"

父亲站起来要账单。

小男孩小声地问我：

"你要看的电影是小孩子的吗？"

"我觉得不是小孩子的，不是。"

"你怎么知道的？"

"我已经看过一次了。"

"那么你用刀叉吃面条，而不是用筷子，因为你急着要去看一个已经看过的电影？"

"差不多是这样的。"

"为什么？"

"我觉得有一些事情是没有'为什么'的……我觉得。"

"什么事情？"

他父亲坐下来。

"儿子，人家现在很着急。有一部分事情是没有'为什么'的。"

"那你说一个！"

父亲的电话响了。我利用这个时间给小男孩看我的笔记本上记录的数字：

"四十。"

小男孩摇着头说：

"四十什么？"

"你说了四十次'为什么'。"

"为什么？"

"四十一次。什么为什么？"

"为什么你要记下来我说了多少次'为什么'？"

"四十三次。作家就是有些小癖好，会记下来人们觉得没有任何用的东西。"

父亲站起来。

"现在我们要走了。说'再见'。"

"再见！我只想再问个问题……"

"我们现在要走了，儿子。"

"就一个问题，一个最重要的……"

父亲的脸上写着"因为不是"，和之前那个"因为不是"不一样，是更加严厉的。

我注视着小男孩一边看着我一边走了出去。

我在电影开始之前一小会儿到了电影院。

但是那个最重要的问题一直在我的脑子里转，不停地问。

我觉得我会再看一遍那个电影。

我从电影院出来正好进了电梯。平常我更喜欢走楼梯，但是电梯正好在我这层停了下来。我和另外的五个人进了电梯，那个小丑是最后进来的，跑着进来的。电梯门正好要关，小丑的鞋尖碰到了传感器，门开了。（为什么那个小丑这么着急地要进电梯？）我只知道仅仅在这之后一小会儿电梯就停了。在一层和另一层之间。没有任何预兆。

电梯的显示屏上仍在继续显示着那些根本不需要一直重复的无聊话。这七个人靠在电梯的墙壁上，都在想着怎么样能让时间过得快一点儿。

小女孩给另外那个小女孩指着电梯的左上角，那里有一只灰色的蝴蝶忽闪着翅膀。她们又看到两三只蚊子和另外一只小一点儿的蝴蝶。小女孩们知道人们并不是这电梯里唯一的乘客。为了打破沉默，她们两个大声地说：

"我们在这儿有多长时间啦？"

"现在你是在跟我说话吗？"

"是啊。"

"我还觉得你不是在跟我说话呢。"

"我就不是。"

妈妈在包的最里面翻动找些什么东西，使劲儿把东西从一边推到另一边，又翻找前面的口袋。拉开侧面的口袋拉链，又把它关上。她翻找着什么东西。她都没有注意这两个女孩说的话，她们还没停呢：

"现在是你想跟我说话了啊，那我就想跟你说话吗？"

"我们现在在一个非常危险的环境，不觉得吗？"

"一点儿也不危险！电梯都说了没什么可担心的。"

"电梯不说话。"

"这个电梯说话。"

"奇怪…… 我知道了！你一会儿就能看到了，这个电梯其实是一个宇宙飞船！"

"宇宙飞船……"

"对呀。你将能看到这个电梯根本没有停。它飞快地上升呢，我们都不知道怎么就到了天上！"

"旅……"

"你将能看到真正让它停止的是时间，我们都不知道。"

"你将能看到你一直在看很多很多漫画书……"

"根本不是，还记得我问你的第一个问题吗？"

"我记得你问：我们在这儿有多长时间啦？"

"对呀。"

"那怎样呢？"

"现在几点了？"

"我的表是 17：35。"

"看我说什么来着？时间没有走。"

"真的啊！好像过了很长时间似的！……哎呀！我们在一个宇宙飞船上！"

"太好啦！"

"太好啦！"

"那我觉得我们应该小点儿声说话。"

"对。没人会相信的。我们最好装作什么都不知道……"

"对。"

"那小点儿声说。"

"我是在小声说呢。"

"嘘！在我耳边说。"

"我是在悄悄说呢。你为什么不停地看表呢？"

"我在看着时间呢。"

"别管时间了！"

"那如果我没看的时候时间就走了呢？"

另外那个小女孩觉得这个问题不用回答。尽管如此，她碰了一下小女孩：

"你看见那个穿小丑衣服的男人了吗？"

"特别有意思，是吧？"

"我不觉得他有意思，我不觉得。"

"有趣的是在电梯里有一个小丑……"

"我从没见过。"

"他的鼻子好像歪了。"

"他在想什么呢？"

$$S = S_0 + V_0 t + a\frac{t^2}{2}$$

$$a\frac{t^2}{2} = S - S_0 + V_0 t$$

$$\frac{a}{2} = \frac{S - S_0 + V_0}{t^2}$$

CARA DE BOLA BEU

CARA DE PAPEL EM BRANCO

PAREDE CARA DE ESQUINA DE

$$x + y + z = 180°$$

一个小丑

我必须做个鬼脸，不然的话这两个女孩会觉得我不是小丑。

好吧。我不是小丑，并不是。

好吧，什么都不是！我弟弟如果知道我滥用他的衣服会不高兴的。

是谁让我有一个小丑双胞胎弟弟的？是谁？

我得想想别的事儿。

我必须做个鬼脸。来吧，我的脸，做个鬼脸啊！为什么停不下来要想这个呢？我努力做个笑脸……没用啊，不行的。

我知道啦，我集中注意力在那个大胡子的领带上。没什么特别的啊，棕色的领带上面是棕色的图案，但是仔细看看……那是什图案？

一条龙？好像是……

一个锤子，

一个火箭……

哎呀！

有哨子，

有潜水艇，

有冰激凌的蛋卷，

什么都有！

看啊，这个小丑就是我……现在对了，让观众信服，我做出了一个真正的微笑！

太棒啦，小女孩也笑了。

那不行，穿西装的大胡子会觉得我是在笑他呢。

我得想个别的事儿。

仔细想想，我从没去过封闭的空间，而且我对这种物理的东西也不在行。我数学很棒。物理嘛，想都不用想，太差了。然后呢？

然后我的弟弟物理很棒。然后呢？

然后他总是想当个小丑，今天是他的首次登台演出。然后呢？

然后我的物理考试就在今天……

太复杂了吧？

是的。

但是为什么我想这个呢？

啊，对，我弟弟替我去考试去了。他说：

"你欠我一次啊，是吧？"

"是你欠了我一次。"

"我现在欠你什么？"

我不记得了。

"那好吧，"我说，"我穿上你的小丑衣服直到你的表演时间。"

但是尽管如此我还是欠他一次。

我得想一个别的事儿。

我得马上想一个别的事儿……

马上。

马……

上。

有一本我弟弟经常带在身上的书。我们来看看，《小丑指南》。我要打开到中间，第 2576 条：**你要一直做鬼脸，做你想做的样子，而不是你的脸想做的样子。**

这是什么啊？

我脸上的神情就好像写着"我不明白这乱七八糟的话"。

倒带！ ◄◄！

今天有考试，我弟弟的首场小丑秀将在一个商场的餐饮广场进行，不是在马戏团。我穿着他花哨的衣服被困在电梯里。但是我觉得我都不应该在那儿啊！好吧，我成功地做出了一个笑脸。

噔噔噔噔！

就等着时间来让电梯重新运转起来，让我和我弟弟换回衣服吧。

噔噔噔噔！

而且，考试过了我就轻松了……

我一点儿物理都不会，想看看吗？"在一个八层楼的大厦里，电梯以每小时九公里的速度上升。很好，如果电梯的缆绳在第五层断了，电梯将会以什么速度落到地面上？"

事情就是这么复杂。

物理的问题总是以事故结束！只是物理问题中的电梯里没有感觉很不舒服的人！

哎呀！我为什么不停地想物理呢？

因为我需要能通过考试的分数，就是因为这个啊！

我必须快点儿想想其他的事儿，不然的话所有人都会知道我不是一个小丑了。

我有一滴汗顺着额头流下来了。

但是我不能擦，那样我就要弄花我的妆了。

让我来看看这本《小丑指南》，第 242 条：**要弄干一滴顺着额头流下来的汗，要对着它吹气。**

非常好，我在吹气呢。我正在吹气。

换个话题，我不知道为什么不像往常一样走那个又旧又还不错的楼梯。问题是穿着小丑的鞋爬楼梯一点也不柔软。

再一次倒带！◀◀！

事情发生在我把小丑的鼻子忘在车里了。

之后呢……怎么会这样的？

之后，我匆匆忙忙地回到停车场，把车钥匙忘在化妆盒的桌上了。上楼梯，下楼梯，上楼梯，下楼梯。我跑着去拿钥匙又去停车场，又在路上被很多绊倒。

有点儿耐心啊。

比这更糟糕是，有一滴汗在额头上流，这个脑袋就想不了别的事儿。

另外一个选择：什么都不要想。

什么都不要想是不是那样白色的屏幕，并且有很小声的背景音乐？

或许连音乐都没有……

我不知道什么时候从车里回来，我看到电梯差点就关门了，里面有六个人。我的鞋卡进电梯门，门开了，我"嗖"的一下进来啦！在这之后的一小会儿，电梯停了。在一层和另一层之间。没有任何预兆。

......本电梯的最大承重......七人......或四百九十公斤。未按照此规范执行将......在本电梯......运营系统......产生......故障......

目光呆滞的女人静静地算着："四百九十公斤或者七个人，也就是每个人七十公斤。那如果是七个超过七十公斤的人呢？"

穿西装的男人想:"现在就差说电梯坏是我们的过错了。"

拿方盒子的男孩认为错都在小丑身上,当然了!是谁最后一个上来又抓住了门呢?是谁?

穿绿衬衫的男人望着电梯天花板。

小女孩伸了一个懒腰。

另外那个小女孩想象着另外一个世界的东西。

小丑扶正他的鼻子。

……本电梯装有……最新一代的中央电脑……内部通讯系统……

乘客们不停地想着:

"那如果这七个乘客不到七十公斤呢?还能装下多一个人吗?"

"这不是我的错。"

"是小丑的错。我觉得他最好别看我的盒子。"

"天花板,天花板,天花板。"

"这真的是一个宇宙飞船吗？"

"……全体船员马上到指挥塔！全体船员马上到指挥塔……"

"我需要做一个更好的鬼脸。"

……除了智能系统的电梯……我们还拥有……主题餐饮广场……多种娱乐公园……

乘客们还在想着：

"还能装下一个不到七十公斤的乘客吗？"

"是商场的错，这的管理层要有人对这件事负责，啊，对。"

"我的盒子是个秘密。"

"天花板，天花板，天花板。"

"我觉得这只不过是一个电梯，就是。"

"……明白，指挥塔，要躲开流星雨。"

"我需要想个别的事儿。"

……我们随时准备接待诸位……充足的购物店……室内停车场……最新一代的中央电脑……

目光呆滞的女人安静地算着。

穿西装的大胡子变化着表情。

拿方盒子的男孩不停地眨眼睛。

穿绿衬衫的男人伸长脖子。

小女孩在地毯上蹭鞋子。

另外那个小女孩把手放在了额头上。

小丑咳了一下。

小女孩把鞋子蹭啊，蹭啊，蹭啊。一粒小灰尘飞起来了，这让穿绿衬衫的男人想起来他有过敏。她妈妈用力拉小女孩的胳膊肘，让她不要再晃动她的腿了。但是这太晚了，有一团尘土飞到小女孩的脸前面，转着圈。她紧闭着双眼，咬着牙齿。

另外那个小女孩见过她这个表情，这个让她打寒颤的表情。她不明白，躲在小丑的身后，想象着小女孩刚才在想的坏事儿。

S.O.S. S.O.S. OH NÃO! ALGUÉM! SOCORRO!

PERAÍ.
O MUNDO É ESSA COISICA?

小女孩

……全体船员马上到指挥塔！全体船员马上到指挥塔……流星雨在象限以外……视野范围重置。

明白，指挥塔，明白，我必须低着头想，就像没有在思考的人那样。明白，指挥塔，明白，我需要检查导航的装置。

电位计？没问题。压力表？没问题。气量计？没问题。喷气式推进器启动阀门？没问题，没问题，没问题，没问题。

好的，我已启动引力跟踪器。已启动 Y 平面封闭系统，关闭排气增容器。都是我做的，都是我。

启动降压器？已经启动了，我不知道这是做什么的？但是已经启动了。

检查稳定针。

哎呀！我只是一个小女孩啊，我知道了。但是宇宙不能等待……

妈妈，我可以去吗？可以。有多远？2800英里。天啊，太远了。妈妈，我可以去吗？可以。有多少英尺？有3900英尺。多希望我妈妈能帮我弄一下这些齿轮，但是她不能。而且呢，越少的人知道我的宇宙飞船的事儿越好。秘密任务就是秘密任务！

有个傻瓜站在旁边什么都知道了。不管了。最重要的事儿她不知道：我是我的物种唯一的幸存者。人类的最后就只有我，我是人类最后的代表，我肩负着要去第一个无人星球居住繁衍的任务。

见鬼的责任。

了不起。所有人都知道地球不能坚持多长时间了。这时候，我的大脑接受到一个短波的指令，让我去驾驶宇宙飞船，没有任何其他乘客知道这事儿。另外的六个乘客不是人类，我已经知道这个了，他们只不过是半机械的间谍、外星人、异邦族等等。他们觉得我还不知道。

比如说那个假扮成我妈妈的人，差点儿把我糊弄过去，但她其实是最新一代的机器人。那个穿西装的大胡子是一个过时的机器人。咱们再看看其他的……在我左边：那个知道得太多的傻瓜，一个小丑，一个拿方盒子的男孩，还有一个穿绿衬衫的男人。如果我的这些敌人想用人类的便宜仿品就把我糊弄过去，他们做不到！

怎么呢？

明白，指挥塔，明白，少说话多行动，但是我坚持认为应当辨别出敌人。明白，指挥塔，明白。一旦我看到第一个无人星球，我就按下红色按钮喷射器，我会脱离母舰。明白，指挥塔，明白，在我断开之前，我将按下绿色按钮完成母舰自我销毁。

我必须收起我的笑容，否则这些异邦族就会知道我的策略了。我将和灰蝴蝶、小蝴蝶、三只蚊子一起逃生。也许这三只蚊子最好留下来，对吧？在新的世界谁会需要蚊子呢？

我已经说了灰蝴蝶了吗？这只灰蝴蝶是一个小的跟踪器机器人，它将检测第一个无人星球的坐标。它有特殊的接收器，在它的小翅膀扇动的动作中就能接收（我对这些新科技感到特别惊讶，真遗憾人类不能留在这儿享受这些了）。整个世界化作一小团灰尘。还有一小部分在那儿，世界——并不是什么大的东西，但它是全世界。几秒钟的时间，扑！一切都结束。还好我的宇宙飞船还在……

明白，指挥塔，明白……

有人问：如果说人类不在了的话，为什么我在回答指挥塔呢？因为对啊，因为指挥塔有自动驾驶仪。没说服你吗？那好吧，因为指挥塔上的人们已经预料到了这场灾难。还没说服你？因为指挥塔是我的，我就是想这样。

但这是什么呢？哎呀！那只灰蝴蝶，我想说的是那只跟踪器机器人正在特别快速地震动翅膀。这说明第一个无人星球正在被定位。这将是你们的末日了，异邦族们！

明白，指挥塔，明白，我按下了绿色的喷射器按钮，我将会和母舰分离了。怎么？喷射器按钮是红色的？明白，指挥塔，没问题，我现在按红色按钮。什么？在按下绿色母舰自我销毁按钮之后，红色按钮就失灵了？我被困在这里，是吗，指挥塔？我将和这六个异邦族一起爆炸？不，指挥塔，这个故事不来倒计时，不，这样我不玩儿了。倒计时不能从八开始，指挥塔，数字已经在跳动了啊！

我现在要特别快地做些事情，但是红色按钮失灵了。我知道了，我要按下绿色自我销毁按钮两次。对！哈哈！倒计时在"2"停止了，哈！

这次是什么，指挥塔？啊？是吗？我破坏了电脑？真可惜，如果我说至少……啊？是吗？等等，指挥塔，等等。这也就是说喷射器按钮没用了？我要永远被关在这里了？而且那六个异邦族已经全知道了，是吗？

哎呀，我不知道为什么我会进到这个宇宙飞船上来。

我只记得有个很像我妈妈的机器人拖着我进了一个电

梯，当时电梯上已经有四个人，马上就要关了，没关，关，没关。有一个小丑最后一个进来。在这之后一小会儿，电梯停了。在一层和另一层之间。没有任何预兆。

啊，我忘了！我旁边这个傻瓜也和我们一起进了电梯。

她从一开始就什么都知道，不是吗？而且她什么都没说。

很好。我要按下黄色按钮，那个是释放毒气的。就是这样，这样所有人都会觉得是那个傻瓜的错。

小丑晃动了一下衬衣的领子。

穿西装的大胡子打了一个哈欠。

小女孩挑了一下眉毛。

另外那个小女孩摊开手。

目光呆滞的女人揉鼻子。

穿绿衬衫的男人笑了。

拿方盒子的男孩点燃了打火机。

……先生们，检测到有火焰，我们再一次警告大家在电梯内禁止吸烟，请勿强求……

"我已经熄灭了，已经熄了……"

"在这之前有人警告过不能吸烟吗？"

"有一个提示板，看那儿。"

"那不是提示板，傻瓜，那是告示。"

"别跟你的朋友叫傻瓜！"

"提示板在哪儿呢？"

"我把钥匙放哪儿了？"

……感谢您的理解……感谢您的理解……感谢您的理解……

"我的钥匙……放在哪儿了？……"

小丑检查了他的口袋，他一共有四十多个口袋！并没有钥匙。衣服的面料互相碰撞，阻挡着他的双手来回翻找。

这些口袋里朝外反过来，形成了一个有趣的形状，像布做的泡泡。

小女孩转过头来试图看明白这个出人意料的形状，大笑了起来。小丑并不觉得有什么好笑的，继续寻找他剩下的十五个口袋，直到找完最后一个口袋的时候才松了口气：

"真是的，我之前放在钥匙环上，系到腰带上了。在这儿，找到啦！"

小女孩又笑了一会儿。

那个女人无端地扭过头去呆呆地看她的女儿。

"我，是吧？妈妈？"

然后轻轻地抚摸女儿的头。小女孩警惕地提起注意：

"我妈妈不是这样的…… 她在想什么呢？"

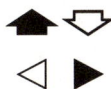

ISSo

Serra da ... ntenda

o das Vozes

P S

SERRA

SERR

目光呆滞的女人

那么，我现在在想一件事儿……我觉得我从没给我女
儿讲过一个故事……

？

我讲过，是的，有那个我有时候会讲的故事。

如果说那个胡说八道的东西可以算得上是一个故事的
话。不行，那个不算。

让我想想看……我当然讲过了。讲过很多个。

{55}

我只是想不起来了……哎呀!……我一个也想不起来了。

电梯一旦好了,我就给她讲一个。

即使是一个瞎编的故事,比如:

从前有一个悲伤的男人。

比周日的电视节目更悲伤。

比没有虫子的番石榴更悲伤。

比在假期中间过生日更悲伤。

比悲伤的一天更悲伤。

比不情愿的拥抱更悲伤。

比即兴演说更悲伤。

比商店里的圣诞老人更悲伤。

比墙上挂着的温度计更悲伤。

这样我不会有任何进展。

很久……很久……很久以前……

或者最好说,是谁说的很久以前呢?

从前有一个悲伤的男人喜欢收集……大山的……名字:

曼蒂凯拉山，

埃斯皮尼亚苏山，

混乱山，

坎塔雷拉山，

阿帕拉多斯山，

比利牛斯山，

孔腾达山，

艾斯特隆多山，

图库马克山，

图巴多山，

老卡莉莉丝山，

巴图里特山，

热拉尔山，

大山，

两兄弟山，

马雷卡山，

忏悔者山，

迪维索尔山，

塞林加山，

卡欣布山，

欧尔高山，

阿尔佩卡塔斯山，

伊瓜利阿萨山，

巴拉那皮亚尔山，

伊比阿帕巴山，

皮基里山，

马尔山，

塔布雷罗山，

这个山，那个山。

当他整理这些名字的时候，把所有名字都忘了，他又重新写，标出纬度，变换大山的位置，测试指南针，并且在所有的地方都乱画上指南针。

在这儿这个故事说不下去了。

我可以回到一开始说这个男人不悲伤。我可以说他什么都不收集。但是我现在特别想知道这个悲伤的男人为什么喜欢收集大山的名字。

有一天这个大山的名单做好了，哇！地球上再没有任何一个没被收录的山了。就连那些想象的大山都被他用钢笔画在了他的地图上。所以他开始收集钢笔：

圆珠笔。

水性笔。

旧钢笔……

那么这个故事变得更傻了，谁愿意听呢?

……新钢笔。

原子笔。

钢笔。

他把那些装满地图的抽屉腾空用来放钢笔。收集钢笔之后，他开始收集线轴，线轴之后是镇纸，镇纸之后是砝码，砝码之后是曲别针。曲别针之后呢……曲别针之后……他想不出任何可以收集的东西了。

他决定收集思想。

为什么我想这些呢？

我只知道我想了。

我希望在讲这之前我的女儿能睡着，让我不用去想一个结尾。想知道结尾吗？

这个男人厌倦了装抽屉和腾空抽屉，他把所有的思想放在了一个盒子里。但是他找不到一个足够安全的地方来放这些最秘密的思想。他把这装有成千上万思想的盒子给了他儿子。

是想把它放进银行的保险箱里。

男孩带着这个装满思想的方盒去了最近的一个分行，最近的是在商场里的那个。

他进了电梯。在这之后一小会儿，电梯停了。在一层和另一层之间。没有任何预兆。

电梯里的灯熄灭了，又亮了，又灭了，又亮了，又灭了，
灭了！这一次真的灭了，一小会儿之后电梯的电子屏闪了
一下。

安静了两秒钟，之后……集体恐慌！

穿绿衬衫的男人大叫。

小女孩大叫。

另外那个小女孩大叫。

小丑哭。

目光呆滞的女人大叫。

穿西装的大胡子大叫。

拿方盒子的男孩试图把盒子拿稳,左晃一下,右晃一下,掉在了地上,盒子开了。这完全不是男孩期待的。

电梯晃动了一下。又晃动了一下。又来了一下。

男孩跪在地上,在黑暗中找他盒子里的东西。

穿绿衬衫的男人在摸警铃。

小女孩拥抱着另外那个小女孩。

小丑摆弄他的鼻子。

目光呆滞的女人在黑暗中看着墙壁。

穿西装的大胡子感觉到有一个毛茸茸的东西从他的鞋

上面爬过。

"在这儿!"这是男孩在叫,他一找到他要找的东西就大叫起来。他轻轻地把这东西放回盒子里。

在把盖子插入盒子里之后他点燃打火机,检查那上面的两个孔洞能不能足够那个毛茸茸的小东西呼吸。

所有人都看着盒子的方向,想那个男孩在想什么。

拿方盒子的男孩

这一切是从我得到一只仓鼠开始的。一只仓鼠，不。是一对仓鼠。

这一切从这之前的一小段时间开始。说我不是来说话的，这并不对。我觉得有一些事情想比说要好，而另外一些说更好。与此同时，世界是说话的，（哎呀！）滔滔不绝地说。我小时候，发明了一个东西，如果你想让人们滔滔不绝地说话，那么你装作安静地听就可以了。你可以利用这段假装的倾听来做心算，或者想另外一些事情，甚至是像现在这样的这种奇怪的事情。那么，好了，人们就说起话来了。然后会得出一个结论，这是第二部分，人们非常喜欢得出结论。那你呢，就沉默着。他们会叫别人一起来帮忙得出结论，甚至是得出其他人的结论：叔叔，姐姐，表哥，邻居，主任，墙壁，教育心理学家。我记得教育心理学家最后一次这样笑着说："再来一遍？"

我选出两个特别选定的词："是""啊"。

然后她来了一个"伟大"的主意。我不确定这是谁的主意，但是我知道之后这个主意来了："我们需要给这个小男孩一对仓鼠。"

我得到了一对仓鼠和一个装了个金属轮子的笼子。

我并不想要一对仓鼠。

从那天开始，事情并没有太多改变。我只是需要更换笼子下面的报纸和水。需要给他们放吃的东西，并且在他们相拥而眠的地方放在细碎的纸条。

第一胎，他们生了三个小仓鼠。后来又多了十个，又多了十九个。我最开始并不想要一对仓鼠，而现在我能叫出他们每一个孩子的名字。

没多久，我就收到冰箱上的一个留言条：

你的晚饭在烤箱里。

啊，儿子啊，我们不能留着这所有的仓鼠，

只能留一对。

哎呀！这是让我把他们的孩子都带到商场楼下的商店里，要把他们卖掉。我把所有的小仓鼠都卖了，我有些不情愿，但还是卖了。

有一天，我的母仓鼠醒来时很奇怪。兽医说可能是金属轮子弄伤了她，或者是生产时受了伤，他也说不清。

在她死去的那天，我把那该死的金属轮子给拆了，我拆了。

然后呢，冰箱上有了另外一个留言条：

如果有人打电话来，就说我九点之后才能回来。

啊，还有一件事：

我和你妈妈觉得你的仓鼠不该一个人孤孤单单的。

商店的仓鼠在灯光照着的玻璃箱里。他们喜欢一整天都用种子填满他们的胖脸，同时也将装有思想的脑袋放空。一天中的另外时间用来在碎纸条中间伸懒腰，做些无辜又有趣的表情。在晚上，商场没人的时候，那么他们就醒来，试图透过水箱看清楚晚上睡觉的鱼。（我也想看看，是谁能在那样制造气泡的设备的不停噪声中睡觉。）当商店开门的时候，仓鼠们不过是一些有点点的、没有点点的小圆球。有红眼睛，黑眼睛，一个打哈欠，另一个晃动腿，抱怨冷色调的灯光。一只小胖手过来，拿起一个小东西，把他从沉睡中拉出来。顾客决定就要他。

我选择了这个棕色的仓鼠，他被染成了白色。就是这只，在方盒子里。他做的第一件事就是藏在了我衣服的袖子里。

我打开了笼子，另外那只仓鼠很气愤地跑到了角落里。他们打了两三次架，也许是因为空间太小而打架。其实并不需要太多东西：仅仅是加上一点儿碎纸条。我特别有耐心地靠在洗衣机旁边，又注视了他们一会儿。

现在他们两个不想相拥而眠吗？

冰箱上又来一个留言条，留言条一个一个地堆成了山：

儿子啊，我们需要聊聊。

我们聊了，话说得反反复复，说了很久，我看到爸爸手表上的指针一圈一圈地过去。我妈妈整理了一下耳后的头发。这是一个礼貌的问题，就好像我不知道要发生什么似的。我不知道是谁有勇气第一个说话了，但我知道说的是："两只雄性的仓鼠，我的儿子，你明白吗？两只雄性仓鼠相拥而眠。"

真无聊！他们让我回到商店去，换一只染成白色的棕色母仓鼠。"混乱的事情就是真的发生。"真无聊！更糟糕的是我真的来换了。

我和另外六个人一起进了电梯。在这之后一小会儿，电梯停了。在一层和另一层之间。没有任何预兆。

太好啦！

我并不想要一对仓鼠，现在想留着这两只，并且再也不说这个事儿。

谁如果想的话，尽管去下结论吧。

电梯里一篇漆黑。只有小女孩的手表不停地闪烁，还有男孩的打火机，他点燃打火机来透过盖子的缝隙看清他的仓鼠。

目光呆滞的女人利用这个黑暗来闭上眼睛。

小女孩警惕地看着时间。

另外那个小女孩不信任小女孩。

小丑把他那四十多个口袋翻回去。

穿绿衬衫的男人又小声念叨那个日本餐馆里的故事。

穿西装的大胡子卷起领带。

男孩咳嗽了一声。

非常集中注意力，就可以听到电梯顶上有一个持续的吱吱声。听到这个声音之后，就不可能想其他的事情了。

小丑试图找到声音从哪儿发出的。

目光呆滞的女人使劲儿控制着难以控制的尖叫。

小女孩不断地拉外套的拉链。

这让另外那个小女孩非常烦躁。

穿绿衬衫的男人自言自语。

穿西装的大胡子说待在黑暗里还好，他难以忍受的是这里的炎热。

这时的炎热比那持续的吱吱声更糟糕，比烦躁、焦虑和恐惧的心情更糟糕。另外那个小女孩就想了"怕"这个词。这个小小的词太小了，根本不足以表达这种"怕"的程度。

而比如说"微生物"这个词，对于可以生活在鞋子和地板里的小东西来说，这个名字太大了。但是非常有可能，这个叫做"微生物"的小东西会认为它的"怕"，是世界上最庞大的东西。

仔细想想，现在最重要的事儿不是这个，是炎热和小女孩的拉链，不停的开开合合、合合开开，比任何东西都更糟糕，比恐惧更糟糕，比什么都更糟糕……

就在这个时候，电梯的灯亮了，一个电子信息显示出来：

下午好……

另外那个小女孩看着交叉双臂的小女孩，甚至一个小孩子都将知道她正在想什么。

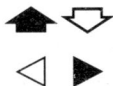

另外那个小女孩

不，等等……

我为什么不马上去吵架呢？这个人把我当成傻瓜那样挑衅，我要忍受到什么时候？我不知道是谁有这个好主意，让我到她家去待一天。

啊，是啊……

这不是我的主意，是她的主意。卧室，她重新装饰的卧室，装有她那个亲戚从世界另一端带来的成堆的新鲜玩意儿。装有变形机器人的盒子，超金属荧光人物贴纸，橡皮味的糖果和糖果味的橡皮。如果你没什么人可展示的话，这样一个装满新鲜玩意儿的卧室就没什么用了。那么呢，她叫了谁呢？这个傻瓜。

不，等等……

有一个装满小玩意儿的皮箱，是那个卧室所有东西里面最旧的，但是是我最喜欢的。

啊，是啊……

还有芭蕾舞演员的衣服。我说："我想成为芭蕾舞演员。"她说："可以啊，伪君子。""我想成为超人。"她觉得她什么都能做，但是双人舞她不会。看啊，她看着我的样子……嫉妒会疼吗？应该会疼，但是我觉得，在她那儿，嫉妒并不可行。她并不想成为芭蕾舞演员，她想成为超人，她想要有超能力。这里面包括读心术吗？希望有。事情是这样的，小姑娘，如果你能读懂思想，我马上告诉你，你妈妈才是伪君子，或者说是你妈妈的妈妈。毕竟我不会骂和我在同一个电梯里的人。在她家里我骂了，因为她先骂我是傻瓜。"那你马上从我家里出去。"她说。

不，等等……

是因为这个她妈妈才把我们带到这儿的吗？不是。她妈妈想要一起去商场的停车场取车。但是为什么我们这么着急地出门呢？

啊，是啊……

有一个电话。她妈妈在接完电话之后脸色就变了。这个电话之前，她非常好，我甚至觉得把我接到这儿来待一天的主意是她的。"为什么你不好好享受，和我们一起睡呢？"她问我。她给我家打了电话，问我可不可以在这儿睡，非常好，我可以。

不，等等……

很显然不是这个电话改变了一切，是另一个，她接了另一个电话之后让我马上离开。

啊，是啊……

如果说有一个东西可以让一个成年人彻底改变，那这个东西就是电话。这个人非常好，正在做填字游戏，电话响了，啊！她知道了一个超级保密的秘密，比如说：写着上帝真实姓名的字条放在什么地方。这个人挂掉电话，什么都没说，但是我们能看出来她的脸一下子变老了。

仔细想想，我并不反感在其他人家待一天。家具看起来不一样，但是实际上并不是。食物有着和这家人一样的气味。从一个家到另一个家彻底改变的是习惯。想看看吗？比方说在她的家：只能在饭后一个小时才能喝汽水；在我表妹家，汽水是绝对不能喝的；在我的家呢，对话是这样开始的："亲爱的，把汽水递给我，我知道这不健康，但是没有汽水我吃不下饭啊。"

汽车的坐垫也不一样。汽车是一个微型的家。在她家的车里，他们总是让我坐在左面，那个座位的软垫有一条裂缝，总扎我。但我不会傻到去抱怨。

不，等等……

如果她家旁边就有停车场，为什么我们要到商场的停车场来取车？我觉得这辆车是另外一个人的……也许就是那个打电话的人的。

啊，是啊……

我想起来了！当我们要下楼的时候，她问："妈妈，是谁打的电话？谁打的电话？"她妈妈装作没有听到，我觉得有点不好意思，穿反了外套就来了。

不，等等……

如果我利用电梯停了的时候，手表时间停了的时候，大声问让所有人都听见是谁打了电话呢？其实就是为了掩饰我的好奇心，我想知道是不是我妈妈打的电话。她妈妈会说一句"不是"，或者也许她会没办法一五一十地解释那个秘密地方，在那儿藏着上帝的真实姓名。或者她会简单地回答："没有人，没有人打电话。"

我怀疑一件事：这个"没有人"是那个有超能量的人，忘记那个超人吧。

"没有人"什么都知道，"没有人"能同时出现在所有地方，"没有人"能在封闭的电梯里吸烟，"没有人"能叫出上帝的真实姓名，"没有人"这样，"没有人"那样。

我不想当什么芭蕾舞演员了。我想成为"没有人"。

啊，是啊……

如果她再拉一次她的拉链，我就要拉她的头发。

不，等等……

注意……这究竟是怎么回事儿呢?

啊，是啊……

我们和另外三个人一起进了电梯。小丑不是，小丑是最后进来的,那时候电梯门几乎关上了。在这之后一小会儿,电梯停了。在一层和另一层之间。没有任何预兆。

……下午好。各位现在将收看一个节目，节目将演示本电梯所有能做的事。电梯拥有 CCUG 系统：这是一个能够与最新一代电脑连接操作的系统……

拥有智能牵引系统、独立涂层的墙壁、静音的排气和空气清洁系统、自编程序处理系统。可以及时地解决突发技术问题……

……如同大家已经看到的，我们的生产厂家致力于带

来最先进的科技直至……

　　穿西装的大胡子没有等着这条消息的结尾。他开始拍打显示屏，用脚踢墙壁，用拳头打按钮。在他的额头上凸起一条明显的血管，脖子上凸起另外一条。

　　目光呆滞的女人用目光鼓励他。

　　穿绿衬衫的男人和拿方盒子的男孩企图阻止他。

　　另外那个小女孩放弃了一个哈欠。

　　小女孩放弃了她的宇宙飞船。

　　小丑保护着小女孩们。

**　　……只有持证人员有权对电梯进行维修。只有……**

　　电梯回应了这个侵犯行为，用颠簸进行抗议。现在，比以往更加清晰，控制电梯的结构真是非常蠢笨：就是一条线吊着一个金属盒子。除此之外什么都没有：这就是一个溜溜球啊。电子信息仍在继续，出于怨恨，在说一些谎话。电梯里面有一股寒意，然后把所有人都推到了角落里。

大胡子松了松领带，摸了一下头，深深地呼吸，然后晕倒了。

穿绿衬衫的男人托住了大胡子。

目光呆滞的女人把他的领带放得更宽了一些。

拿方盒子的男孩寻找一个手帕，一个手帕，这里面没有人带手帕吗？

小女孩难以掩饰她的好奇去看她面前的这个人。

另外那个小女孩非常害怕。

小丑保护小女孩们。

电梯里的六个乘客每个人用自己的方式试图把大胡子叫醒。他昏迷着，比他实际要重两倍，但是看起来并不虚弱。

"……仔细看看，他脸色看起来很好啊！"这时有人在这样想，猜猜是谁。

他继续想："当我们晕倒的时候我们会想什么呢？这个穿西装的大胡子在想什么呢？"

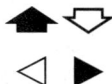

⬆ ⇨

◁ ▶

穿西装的大胡子

……天已经全部黑下来了。我便在寻思，天这么黑，那个加拿大人眼睛再尖，又怎么透过黑夜看见的呢？他到底看到了什么呢？当时，我的心跳得快要蹦出胸膛了。

内德·兰德并未看错，我们大家全都看到了他手指着的那个东西。

距离"亚伯拉罕·林肯号"右舷后部两链的地方，海水仿佛是从下面被照亮了。这不是普通的磷光，这一点是肯定无疑的。那个怪物隐于水面下几图瓦兹[1]，发出一种极强的、说不清是什么的奇异的光来，有好几位船长在报告中都提到了这种光[2]……

当我朝着大海下落的时候，我会重复儒勒·凡尔纳的这段表述。

但是我不知道是为什么。而且，我一点儿也不知道怎么能停下来。我继续下落。那个巨大的怪物等着我，就在水位线以下。冲击是不可避免的。也许就像书中写的那样，这个发光的怪物不过是一艘大功率的潜艇。尽管如此，在这种震动中我也不能存活。是一艘潜艇还是怪物？

大海用他的浪花接住了我。

然后是一阵光。

然后是震动。发光的怪物散成千万个水泡和萤火鱿。发光水母散开，像雨中的雨伞。怪物散成碎片，都没有阻挡我坠落。

---

1 法国旧时长度单位，1 图瓦兹约等于 1.949 米。

2 此段译文引自《海底两万里》，第 35 页。（法）凡尔纳著，陈筱卿译，北京：光明日报出版社，2013。

现在我发现坠落是冰冷的，是蓝色的。一阵水流推着我，直到一个鱼群改变了水流的方向。我被推向背离鱼群的方向，我去了哪儿？哪儿？我正在这儿，那边不行，再往这边一点儿。

海马很像海藻。

海藻也很像海马。

成千的水泡弄得我胡子发痒，让我感到了一阵许久没感到的奇怪欢愉。看啊，我可以翻筋斗，我是太空里的宇航员！（真有意思，我越是往下沉，越是想到翅膀，想那些空气里的东西。）

上面的魟鱼遮挡了光，制造出一片阴影。

一个海浪展开来，又翻过去。好好想想，我有多久没有这样伸——懒——腰——了？

很多很多蓝色堆叠在一起变成了青灰色。一片阴影的最边上是悬崖，另外的部分是深渊。女士们，先生们：深渊啊！犹豫是否要跳下去吗？那就是在猜测这一跳有多远，那么，我没有犹豫。一个飞跃让我掉进了海底。但是，注意啊，别以为我这趟在海底深处的旅行像其他海底深处的旅行一样。除了鱿鱼和水母，我还看到了浮动的领带和地图，还有小直升机、芭蕾娃娃、犀牛玩偶、瓶子。这些是静静沉在海底的城市垃圾，谁知道呢……

对于海底城市，我几乎什么都不懂。我知道在那儿小鸟住在水箱里，而鱼却像鸽子一样把到处都弄脏。所有这一切对于那儿的居民来说特别正常，他们都不需要呼吸机。有氧气丸，特别昂贵的氧气丸，正因为如此他们要工作。他们很早地把孩子们送到学校，他们写日记、去商场，在商场几乎什么都能买到：从氧气丸到全世界的任何东西，甚至是在水下没有任何用的东西，比如风筝、打火机，还有风扇。

鱼群又一次推着我，这一次把我往上推。我往上浮上去，也就是说，我不能再去认识认识这个海底城市了。鱼群受了惊吓，转身走了。被我吓到了吗？不是，他们害怕的东西像是三只大鱼的样子，三只大梭鱼袭击了鱼群。鱼群倒退，梭鱼进攻。水里都是牙齿。在一次银色的撞击中，一只梭鱼咬住了一条鱼，另一只梭鱼也是，另一只也是。鱼群逃走，转着圈向上游。我要说一件事儿：我被吓坏了，彻底吓坏了。最终，鱼群终于展开，像一个数字 8 的形状，像一个无穷符号 ∞ 的形状。

我呆呆地看着，呼气急促。

我只是不知道怎么来到了这里。有时候，我记得一些没有意义的事，我和另外六个人一起进了电梯。在这之后一小会儿，电梯停了。在一层和另一层之间。没有任何预兆。

……我只是不知道怎么来到了这里。有时候，我能记住毫无意义的事情。我和另外六个人一起进了一个电梯。在这之后一小会儿，电梯停了。在一层和另一层之间。没有任何预兆。

穿西装的大胡子醒来的时候，看到他想的东西显示在电梯的电子屏幕上。他好好地睁开眼睛。

小女孩也看到了，但是她感觉她必须要保持沉默。毕竟，人们不会知道别人想什么。

另外那个女孩、小丑、目光呆滞的女人、穿绿衬衫的男人和拿方盒子的男孩帮助穿西装的大胡子站起来。

任何时候的安静都会让手表的声音又回来：嘀答，嘀答，嘀答，声音越来越大，**嘀答，嘀答，嘀答**……

在所有地方都只能听到手表的声音，但是引起了这七个人特别的注意，他们听到了思想。思想在咆哮……

"我是不是还在说胡话？"

"我并不想要一对仓鼠……"

"我觉得我不能忍受再看一遍那个电影了。"

……然而，手表的滴答滴答声越来越小……

"我继续吹风，继续吹风。"

"在电梯里有个小丑，真有意思……"

"我不看表的时候时间在走吗？让

我来看看……"

"博多科纳山，博尔博雷马山，螺丝山，卡帕拉奥山。"

没有任何预兆的，电梯动了起来。电子显示屏上显示出一层层数和温度。门开了，七名乘客如释重负。

很高兴接待诸位。感谢您的选择。

电子信息不想解释更多的细节。

在一层的门口有一个牌子提醒到：

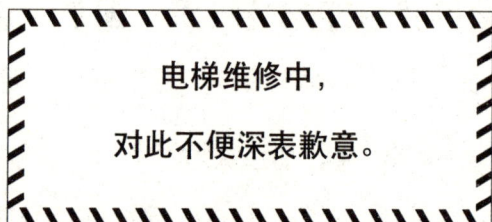

```
电梯维修中，

对此不便深表歉意。
```

⬆ ⇨

◁ ▶

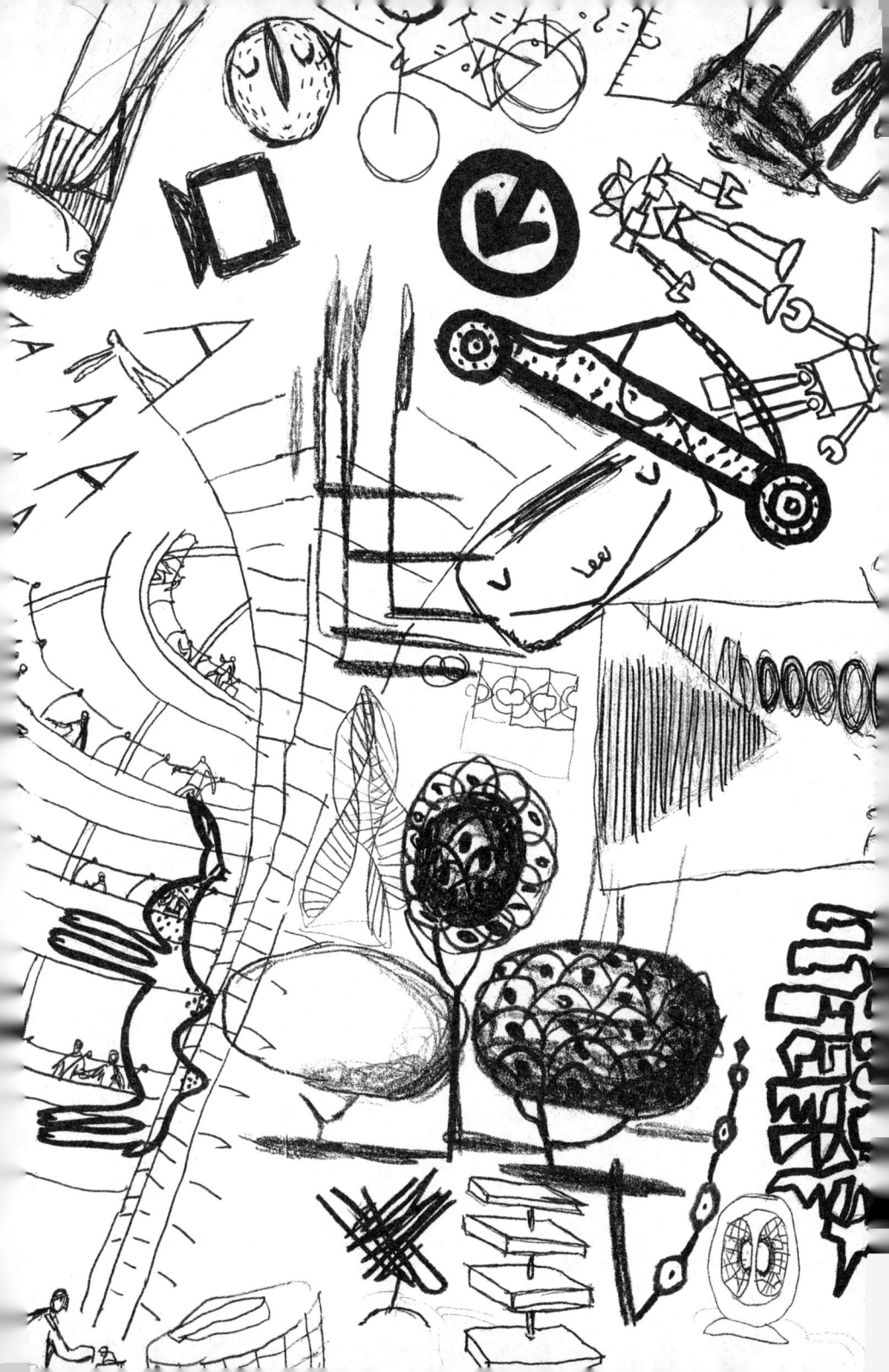